ある緩徐調

角宮悦子

第1歌集文庫

目次

序

角宮悦子がわれわれの前にあらわれたとき、こわれ易いガラス器のような感じであった。いくらか気負った拒否的なもの言いと、鋭いが脆い言語秩序をまとって「詩歌」の東京歌会で寡黙であった。私は彼女が、少女時代に山下陸奥によって手ほどきされ、新歌人会に所属して、中井英夫時代の「短歌研究」の新人賞候補になったことなど当時は何も知らなかった。

それから四、五年のあいだに角宮悦子は成長した。人づき合いは依然、ガラスのように脆いところもあるが、歌は自立した。作風が変ったという訳ではない。著者はもともと自分の世界に固執する癖がある。そして意外なほど歌に執着がある。初めから脆くなどはなかったのかもしれない。ただ、初期の作品には、一次的に受けとめた心的経験を、比較的表層の、ある種のパターンで、才気にまかせて歌にしてしまうところがある。だから脆い感じがあるだろうか、そのかわり明快で新鮮である。

つばさ断たれ鷹は曇天支へをりわれの眠りにつづく曠野に
膝つきてひそかに思慕をわが告げし凍土の麦よいかに育たむ
唇を葡萄の汁に濡らしつつ母に乳房の育たねば楽し
父の愛にはかにしたし草の中ふせられ匂ふ麦藁帽子

このようなものは、やや浅い文学的なはからいの中にも鮮明な若さを刻んでおり、一九六〇年前後の新しい歌の息吹きに賢く身をまぶしたようなところがあって目覚ましい出発を持ったと言えよう。

彼女は二十三歳で結婚することになる。その頃の歌にはみずみずしい感じのものが多い。

とぎ汁がいそいそ土管を噴きこぼれ此の道われの住む所ある
夫よりも激しき動悸うちながら月光のなか樹液がのぼる
凱旋のごと来る茜に染まりつつ二合の米の水を澄ませる
狭きわが生きのめぐりの硝子戸を息かけて磨く透明になれ

夫とわれ紡ぐ未来の遠くして龍胆の紺しぼる夕空

「幼な妻」の生き生きとした歌であるが、作者はこのやすらぎに棲みつくことができない。それは「わが裡にめざめしユダ」のためか。日常の哀歓を素直に歌にのせることに充足するものもあるが、創作者が間々歩まねばならぬ遠い暗い道にあえて自己をつきのめらせて行く人もある。著者は内部を次々に喰い破って、この無限彷徨の道へ出発して行った。短詩型を「一穂の焔」として生の内部へ執拗な歩みをはじめる。

いかなるもの括り終へしか灰色の空に荒縄が揺れてゐる
夥しき卵の殻が吹かれ来る昼くらぐらと路地の入口
酢を買ひに行かむとくだる夜の坂硯のやうに凍りてゐたり
わが持てる性の記憶を呼び覚まし生乾きの蟹の甲羅が匂ふ
招かざる蓬髪の神にとなりするパンの耳反りてすぐに乾けり
漂木は引きあげられて焚かれをり肉に溺るるかの哀しみも

この集の後半で、角宮悦子はまぎれのない文体を獲得している。それまで、他から影響を受けやすく、作歌の重心がたえず動いていた感じがあったが、集中、「ある緩徐調」のあたりから、作歌の錘が内部に定着したようなところが出て来ている。歌会などで積極的に発言もし、友人らと結社の雑務を手伝うようになったのもこの頃である。同時に、自己のもつ傷をかくさずに訴えかける強さが出て来たと言える。そして、それが甘えとならぬ限度もまた知って行った。

行き暮れて河原吹雪にししむらを飢ゑは鋭く刺し透すなれ
断崖にさらされをり摑み合ふ白き木の根われの恥骨も
門をはづせり野分葡萄棚こぼれる月を踏み来る父か
うしろ向き母が行李につめゐるは火を抱くことなき藁灰ばかり
寒卵売りて正月待つ祖母が眠れり卵枕辺に置き
遠き橋ゆれて渡るは晩霜の有縁のはての夫にあらずや
新聞紙に烏賊をくるみて妹は月夜の坂を走り来るなり
火の粉飛ぶ野火河原を走り来てわれを抱く父にあらざる男
枯れながら向日葵が鳴る風のなか抱擁をわれ不意に乞ふなれ

肋骨《あばら》からひもじくなるを断崖の氷柱は夫が行きて折りしや
氷原の刑務所のなか囚人は子供の椅子を組み立ててゐる
母が干してゆきたる蒲団とりこめば生肝ちぎるばかりの野分

これらの歌はこの歌集の骨格をなしているが、基本的なテーマは血と性の呪縛をたしかめるということにある。人はおのれをがんじがらめに縛っているものが何であるかをたしかめることなくして生きていることが多い。たしかめることを避けて視点を拡散している短歌作者が多いなかで、著者の眼はしかと見据えられていると言えよう。また、ここに出て来る父、母、祖母、妹、生れない子供などは、著者にとっての血、即ち「家」の問題である。短歌作品で「家」を追求しているひとつの目立った例となるのではないか。その「家」と対置される「汝」とのかかわりもまたひと一つの呪縛であるが、そこからは清冽な相聞歌が生れている。

昨夜《よべ》やさしき夫と思へり春野菜くくりし藁をとく雪の窓
胸のうへ髪をひろげて触れゆけばながく思ひし海の香のする
呼ばれつつ穂すすきの原行きたれば額は触るる空のくれなゐ

跣にて珈琲の豆踏みつけて行きたり汝は陽の射す床を

抱擁をわれは乞ふなれ草原を発作のごとく風の走れば

刃を当てるごとく触れ来る一枚の手にししむらは統べられてゐる

分け入らむ汝の精神《こころ》へ　氷室に一穂《いっすい》の焔《ひ》をかかげ行く

芹つみし掌を汝が胸にさし入れて一夜眠りし仮の世のこと

汝が心わが内に暴れ卒然と駈けのぼるかな天の蹄は

青き魚酢にひたしつつ春雷は鮮明にする汝が半身を

これらの相聞歌は作者自身を甦らせ、また読者をとらえる。しかしこの清冽な調べの背後には氷原と木枯の北方流離の風景や著者の身内を貫く重い血の流れがあることを、この歌集を読む人は知るであろう。

『ある緩徐調』によって著者はよい跳躍板をかち得た。そこからどのような飛翔がおこなわれるか、角宮悦子に好意をもって下さる人々と共に私も見守って行きたいと思う。

一九七四年三月

前田　透

葡萄原液

一九五七〜一九六六

★

つばさ断たれ鷹は曇天支へをりわれの眠りにつづく曠野に

膝つきてひそかに思慕をわが告げし凍土の麦よいかに育たむ

われのみのものと思はぬに寝室へ葱にほはせて行く母憎む

ナイフ研ぐをひそかに好む烈風の冬空よりもわれの渇けば

ほとばしる夕日を切りて犬の耳黒し平らに野は冷えてゆく

嘲りのごとくに屋根へ落ちて来る風あり膝を曲げて眠れり

陽の中の母が白布に鋏入れ何より走り来るわが恐怖

純白のトックリセーター着て行くはひそかにイブの血を隠すため

ちちははのいかなる過程に生まれたる唇《くち》鳴らし葡萄の種子飛ばすわれ

唇を葡萄の汁に濡らしつつ母に乳房の育たねば楽し

翅ちぎりて蜻蛉を空へ放ちやるまた母の中へ還る夕べを

のけ者にされつつ空に見とれゐし鉄棒に逆さの少女期のわれ

こきざみに俎鳴るに恐れをり墓地買ふ金を母は貯めゐて

父の愛にはかにしたし草の中にふせられ匂ふ麦藁帽子

草匂ふ昼は曇りて連れ立ちぬ白き上目をつかふ少女と

抱へたる薊に刺されて乳房あり告白するときめてはをらぬ

枇杷の種子みづみづ土に吐きながら処女懐胎のマリアを嫉む

塩かけて蛞蝓溶かしゐる母よ驕る怠惰なその生終れ

体温もたぬ青き林檎の肌洗ふ哀しみいつも唐突にして

わが裡にめざめる悪も明日のため檸檬のごとく鮮しくあれ

救ひにも恵みにも遠く陽は窪み捨てられし如露の仰向ける口

満天の星ひびき合ひわがための鎖となりて落ち来る恐れ

埋火が闇に滲むを見てゐしが母と背中をぬくめ合ひ眠る

★★

茱萸色の流星一つ暗黒に滑りたり初夜の凍る硝子に

とぎ汁がいそいそ土管を噴きこぼれ此の道われの住む所ある

物高く買はされ幼き妻われは月夜の小石たのしく蹴りぬ

カーテンを縫ひ急ぐ窓鞭鳴らし陽を追ふ風がつれて来る冬

垂直に冷え来る夜を胸に塩つめられ魚の口みな尖る

背後より抱かるるとき幾千の星が打ち合ふ閉ぢし瞼に

夫よりも激しき動悸うちながら月光のなか樹液がのぼる

ジョウゼットの服に包みし皮膚は冷え誰も横顔しか見せぬ集り

わが胸を不意に抜け行く幻の乳母車あり虹嵌めし空

こころ重き夫のため灯り変へて待つ編み溜めしレース笠に被せて

雫する葡萄のふさを抱へつつどこまでもわれは落ちて行くなり

糠に茄子埋めてゐるとき夫よりも優しくうなじに触れ来る夕日

凱旋のごと来る茜に染まりつつ二合の米の水を澄ませる

蹠すぎる陶酔よりもしらじらと貝殼撒いて帰りゆく波

瞼きつちり閉ぢてもう何も見たくない裸の鶏《とり》が売られゐる

生きてなほ汚れゆく日日鶏骨を伏目にながくわれは煮てをり

冷凍の鯨肉ゆるみ血を溜める夕刻町に女あふれて

その未来われより醜く汚されむぎんなんの殻嚙み割る少女

果たさざる約束ありき北空に繊維のやうに雲はほつれて

狭きわが生きのめぐりの硝子戸を息かけて磨く透明になれ

桃の雫の匂ひして夕映ひろがりし街を歩めり誰とも無縁

これつきり夫とはぐれて行くやうな空の明るさ辛夷は吹かれ

夫とわれ紡ぐ未来の遠くして龍胆の紺しぼる夕空

★★★

血より濃き葡萄原液密閉の甕に溜めつつ過ぎるわが夏

弱き目をわれには見せる父のため白蟻巣くふ薪を打ち割る

われよりも鋭き初夜は来む乳首ほどの蛇苺を踏む少女

殺戮のすみたるやうな枯野あり夕焼飛火燃え移りつつ

打算つよく美しき妻たちのつぺりと烏賊に似る白き背を持ちてゐる

母の不倫きらめく昼か恍惚と梅酒に大き蟻おぼれ死ぬ

厚き闇もちあげるごと立ち去りし乞食はどこか父に似てゐる

木枯が砂礫打ちつけ来る壁に追ひつめられし干魚の目があり

平手打ちの風に忽ち飛び散りし枯草の種子われの家族《はらから》

藁燃える匂ひに落ちゆく夕日ありひ弱な家系われにて断たれ

墳墓のごとき枯色毛布によく眠る父に停年確かとなりて

淋しさに耐へて久しき冬の夜を皿に揃へる葱の切口

星を嵌め凍る溝あり貰ひたる林檎を胸に匂はせて行く

叩き割られし鯖の頭に光る目玉あり夜空四方に木枯となる

木質化いそげる父を捨て来れば樹幹にひびき木枯が鳴る

冬陽の息の温み急速にしりぞきし夕の畳の上に怯ゆる

紙に似る雲のいくつか飛びゆきて別別に死は汝とわれに来む

つぶやけばすでに淋しき響きもつわたくしたちと言ふ複数も

ものを煮る匂ひやはらかに溶けてゐる霧の路地の奥わたくしのドア

覚めてゐれば淋しくなるからもう眠らう耳のうしろを月に洗ひて

時間の奥の鳩に呼ばれて来る森にめぐり合ふ嘗て他人の夫と

ドアの外に一夜立たされる牛乳の空壜に遠き星の目差し

★★
★★

眉を剃る　真昼しんかんと墓穴のやうにひらきし鏡に向きて

わが裡にめざめしユダが見つめゐる天鵞絨の黒にちかき紅薔薇

昆虫《むし》のなきがら不意に立ちあがり二三寸移行したりき陽の方向に

マッチ擦る刹那鋭く火は匂ふすでにとりかへしのつかざる明日《あした》

海見たく訪れし村に売られゐる地面に赤き蟹は盛られて

雫する海藻肩に人行けり現実につながれ昏き海の色

そびらより淋しき風の羽交絞めすでに失ふものもたざれば

突き当りの海の暗さを見て帰る骨透く魚は砂に干されて

淋しさをわかつことなく過ぎて来し歳月のふちの淡き夕顔

引かれざる設計図の中まぼろしの窓にて明日はすでに終りぬ

裡ふかく鎮めむ忿り額蒼み来るまでつよく髪を梳きをり

夫よ眠れ　切子硝子の水さしに月光の触れ繊く鳴る夜を

風のなか素顔見せつつ野を行きぬ実を抱く草に足を切られて

一人かもしれない冬の旅のため赤く冴えたるアノラック買ふ

夕べとも夜明けともつかざる薄明へ紛れて行きし死後のわが影

空罐を蹴りつつ誰か歩みゐる霧の向うのはるかな朝を

われの掌を昨日逃れし鳩も死す時計の針に喉を突かれて

剝きかけの林檎を窓に置きしまま行方不明となりしわたくし

水は死のほとりに沿ひて流れつつ凍りし葦の根方を洗ふ

美しく脆きものなほ捨てきれず透きとほる魚に刃を当ててをり

誰のそばも風のごとくに過ぎたきに風のめぐれる草に切られぬ

あかつきの霧にまぎれる薔薇盗人もつとも淋しき遠景となれ

草よりも明き春の布を買ふ偽り深き明日かもしれぬ

明日履く靴

一九六七〜一九七一

★

爽やかな勝利はいづこ陽をあびて空壜満載のトラックが行く

まだ青きバナナの籠を担ぎ行く裸の背なか陽の縞をあび

母の手紙夫にかくして持つ夕べショートカットのうなじが寒し

まだ下手な口笛過ぎる昼の窓われは小さな青林檎剝く

ビニールに包まれし野菜ひとり買ふ陽を遮りしアーケード街

抜けぬまま放置されたる床の鋲視線となりてわれを見てゐる

絞りしままの形を保ち雑巾が日ざし退く厨に乾く

帰りたくない電工夫いつまでも空の亀裂にはりついてゐる

雫切りて蝙蝠傘《かうもり》の骨たたむ父を線路へだててわれは見てゐる

死をいそぐ父の心理をかい間見し翻る茱萸の葉の裏の銀

遠き野の風の棲家の樫を挽くいつもうしろ向きの樵

草冷える夕べの中にいつまでもわれとラムネ壜忘られてをり

ふり向けば淋しくなるから急な坂のぼりつめて買ふ真赤な夕日

突き詰めて闘ひしことなし熱湯に放つ菊の花の不意の香

魚の血を薄めしやうな夕映の余光は敷居に流れてをりき

明日のため早めに本を閉ぢて寝る飛べない翼の服をたたみて

夢にすら漂ふことなきわれをのせベッドの四肢が支へる眠り

オブラートの漂ふやうな霧の中いづこにて夫にわれははぐれし

罌粟畑にかくせしわれのむくろ熱き夕日ひそやかに倒れ

誤ち多きつかのまの夏も終りたり風が散らせし針を集める

★★

いかなるもの括り終へしか灰色の空に荒縄が揺れてゐる

わがドアに移りて来たる夕陽ざし誰も廻さぬノブ温めて

何処よりか此処へ来しわれもやがて去る木の影絶えず震へる地上

夕かげり草を揉みゆく風のなか過去未来より低き声する

火の匂ひ身より鋭くたつまでに憎む一人を未だ放さず

暗き海鳴り突端に来て一人聴く激しくわれをゆさぶるもの欲し

何の骨か雑りし砂を掌に掬ふやがて確かに知らむ虚しさ

われに似るうしろかげ遠目に追ひ来れば汀は洗ふ白き行路死

凍る夜に干されしままのシャツが浮く妥協許さぬ日はやがて来む

淋しさを悟られし肩濡れて行くどのドアも閉ざされし路地

身のめぐり慎ましくして生きる日も内側に錆のしのびたる壺

革鞭の振らるるやうに空は鳴り魂の切実に待つものは何

にがき夏またくめぐり来て風が揉む無花果に不安な青き実の数

整然と組織積みたるビルの窓夕日に鋭く乱反射する

傷口のオキシュフルの泡見つめつつ突然堕ちたきわたくしがゐる

雲丹色の夕雲を吸ふ沼のふち堪へ来し記憶の急に脹む

夫のため何もせざりきわれの悔埋めし地平を驟雨が走る

ふり返ることなどやめよ土砂降りの街行くコートの中まで濡れて

背信を受けとめし日も遙かにてくれなゐ冷たくほどく夕雲

悲しみをわかち合ふ日はいつか来む頬の温みを掌に移しつつ

★★★

腕時計の細き鎖に挾み行く海までのバスの青き切符を

なつかしくふり返る街すでになし春紫苑のびて吹かるる荒地

風の傷きらめくかなた草群に有刺鉄線かくされてゐる

筋つけて草走る風追ひ行けず飛ばされる麦藁帽子もわれも

埋立地風の走れば捨てられし人形硝子の目を見ひらける

草の冷え身にうつり来る夕昏は帰るほかなし街の片隅

新聞紙に包み手渡されし鶏骨の冷たき感触抱へて帰る

紫陽花の門をくぐりて夜が来るびしよ濡れの翼ひきずりながら

ゆるやかにひらく投網が落ちて来る眠りの底を流れゐるとき

覚めてのち痛みとなりて耐ふるもの掌のひらに硝子の釘が打たれる

虫けらはなきがらの形保ちゐる塵となる前あかるき砂上

枯草の根は青き火を放ちゐむ地面へ夜の冷え刺さり来る

飛翔する思ひを待てど夜のすみに明日履く靴を揃へて眠る

脱出も出発もなく閉ざしたる日日の戸口に刺さる新聞

愛することすでに重たし泡のなか沈めて洗ふ春の野菜を

スカーフも髪もうしろへ靡かせて見つめる風がみがき澄む空

くれなゐを閉ざして凍る夕の湖かつて放ちし征矢突き刺さる

しめつけて凍る地のなか芽吹く日を失ふ木の実青く裂けゐむ

串打ちて細身の魚を炙りゐる平衡保ちがたき夕べに

しのびよる予感つめたし屋上にシャツ忘れられ重く濡れゐる

★★
★★

濡れながら地を啄ばめる鳩のなか鳩よりひもじきわれは逢ひたし

雫切り傘の骨たたむ暗がりにやり直しきかざる唇を噛む

夥しき卵の殻が吹かれ来る昼くらぐらと路地の入口

赤き湯沸し滾れば水を注ぎつつ未だ見出し得ざる活路は

にくしみのまじれる愛のふちを縫ふ玉虫色の糸に刺しつつ

硝子の樹倒れてゆけり抱かるる闇のいづこか傷み震へる

いつまでも冷えの退かざる指先に揃へてきざむ花まじる菜を

七階から垂直に下りて吹かれ行く針ふくむ風セーターの背に

脱出を憬れゐたり非常口のかなた冬空潔きひととき

苦しく人を思へり石の裂目に夕日の濃きくれなゐ沈む

穂すすきの触れるやうにも面影はしばしとどまり明けに目覚めぬ

剃刃の薄き刃恋ほし乾きつつなほ罌粟の火の揺れやまざれば

かぎりある愛も見えつつ噴水が起こせる風に髪煽らるる

やさしさは別れののちに充ち来るを吹かれて越ゆる夜の陸橋

何時そこに置かれしならむ動くたび硝子の鈴は身の内に鳴る

唐突に思ひはつのる落日を受けてさまざまに窓光るとき

遠き窓つらなり灯す草の冷え身に透るまで丘に来て立つ

抱へ行く卵のまるみひややかに透りつつ夕べ心もとなし

夫のため灯の下寡黙に剝きてゐる冷たき梨に指雫する

抱かるるときさへ覚めてゐる耳よ遠き樹氷は風に鳴りゐむ

巻かれたる針金錆びて杭は立つ根付くことなき薄明の岸

昼顔

一九七二

★

建物を洩るる灯の縞踏み行けり知りゆく大方淋しかれども

夫を慕ふ少女の去りしみちのくの吹雪ける夜の奥の赤き火

生き耐へし織き悲しみに触れて鳴る樹氷の上は星明りして

わがうちにかそけき枯葉踏みて行く人よ骬となりて還らむ

繙きし悲しき胸を埋めゆかむ落葉あつめてつくる寝床に

ふれてゐる温みを胸にたぐりつつ言葉要らなくなりしわたくし

月の澄む夜に折られゐるわがうちの細枝に触るるは愛と知りつつ

やはらかくはさまれし頰に雪は降るつむる目のなか雪は美し

穂すすきにかくされながら入り行かば未知の羞しき夕日に逢はむ

呼ばれつつ行きて逢ひたしやはらかき墨絵となりて霧吹ける森

野の石は急にとがりて黒く見ゆシャッター落すごとき夕日に

生きる日のかぎり清しき飢ゑもたむ樹氷朝陽の山にきらめく

打ち水の薄氷となる石の上かかへし葱はかすかに匂ふ

冷蔵庫の卵をのみて寝に行けり明日をひらかむ手だてなきまま

油うく食器を泡へくぐらせて動かしがたく重くなる日日

叩き割られし魚の頭蓋をかすめつつ夕べの雪は吹きこみて来る

昨夜《よべ》やさしき夫と思へり春野菜くくりし藁をとく雪の窓

たたみゐる夫の部屋着の匂ふとき不意に鮮し憎しみさへも

足の爪はさめる母をはすかひに見てゐたる日に芽生えし憎悪

風だけを聴きゐる昼の胸射ぬく遠くで誰か鏡光らす

★★

海へ向く墓はあらかた砕くるを昼顔の繁殖吹かれてゐたり

砂のうへ吹かれて光る幾千の昼顔のなか抱かれて沈む

ふくらはぎ草に切られて駈け行けりきらめく逢ひの時間みじかし

胸のうへ髪をひろげて触れゆけばながく思ひし海の香のする

頒ち合ふ陥没のとき遥かなる地表に吹かれ光る昼顔

招かざる蓬髪の神にとなりするパンの耳反りてすぐに乾けり

呼ばれつつ穂すすきの原行きたれば額は触るる空のくれなゐ

石鹼の匂ひは淋し抱かれつつ唇《くち》触れてゆく首は匂へり

冷蔵庫に生きながら貝閉ざされし背中に夜の髪とき放つ

あたたかくまつはる息に目を閉ぢぬ箱の林檎の匂ふかたはら

丘のうへ誰もゐなくなり雪降れば手負ひのごとき淋しさは湧く

出口見つからぬまま廃園に閉ざされ霜の手袋を編む

刺草の立ち枯れしところ打ちながら夕べ粗塩のごとき雪降る

白鳥のうすき灰色見おろせりポケットに乾く冬の手のひら

階段の底より音楽湧くところしばらく過ぎて泪湧き来る

灯を入れて水ふくむごとすき透るビルのはすかひバス待ちてをり

化粧落し硬き素顔を現はして魚の半身に塩うちてゐる

水のごと冷えゆく額伏せながら夜の鱗を剝がしてをりぬ

★★★

雪晴の砂防林黒く海に沿ひ遠くを風が動かしてゐる

喜びの遠ざかるごと花車のぼり行きたり吹き晴れし坂

水道管夜をはるかに貫けり耳より凍る翡翠をはづす

酢を買ひに行かむとくだる夜の坂硯のやうに凍りてゐたり

しなひつつ雪はじくらし竹の音聴きゐて夜の胸乳しまる

息のある魚も閉ざされ夜の奥冷蔵庫白く光りてをりぬ

燠のごときルージュ一本購ひし街渦巻きながら夜は吹雪き来る

スタンドの灯の輪に胸を入れながら胸より織き鎖をはづす

陽の角度傾きゆけば森の奥皮膚を張りたるごとき沼あり

椿の花昼くらがりに掃きよせて行けば俄かに重きわが髪

わが持てる性の記憶を呼び覚まし生乾きの蟹の甲羅が匂ふ

七階に見てゐる街の中の森針金色に驟雨そそげり

汗しとどなる汝の胸はなれ来て青き黴もつ乾酪《チーズ》を嚙めり

まどろみのひろがる胸処浮き沈みしてをり　刺せば刺せる

跣にて珈琲の豆踏みつけて行きたり汝は陽の射す床を

★★
★★

北方は廃屋となる向日葵が大きく枯れて風に鳴るたび

身のものを剝ぎとるばかり風吹けば真向へる胸　燧石《ひうちいし》

抱擁をわれは乞ふなれ草原を発作のごとく風の走れば

われを呼ぶなり　北方の野分空家の硝子割りつつ

首のごときキャベツころがる厨房を冬稲妻が走りゆきたり

月させば水牢のごとき部屋にゐて蛇《くちなは》色の髪を梳くかな

立枯れの薊茫然と吹かれをりわがししむらを過ぎゆけるもの

瞼より一条のさむき日は差せり粗砥のごとき道にをりたり

乾きたる瞼閉ざせば背後から向日葵の頭かき切られつつ

蜜蠟は光をしづめゐたりけり　腓　くらき歓びも知れ

刃を当てるごとく触れ来る一枚の手にししむらは統べられてゐる

眉を剃り額つめたく来たるとき水のおもてを蛇は走れり

まぎれなき生死のごとし入口の外は陽の縞照りつけてゐる

されど乾けり　汝の精神のはざまへ腓ひるがへすとも

行きつけば耿耿と野分ししむらを仕置のごとく打ち返すかな

漂木は引きあげられて焚かれをり肉に溺るるかの哀しみも

氷壁は谺を返すわが生はあるところより鋭くなりき

肩のごと剝かれて蒼き玉葱が夜の厨房にころがりてゐる

汝が胸に冬荒むとき買ひたての刃物のごときわれを持ち行け

きさらぎの高胸坂を吹きのぼり木枯天の喉を突くか

あかときの砂なめらかに貝の殼いかなるさかひ昨夜《よべ》にありしや

分け入らむ汝の精神《こころ》へ　氷室に一穂《いっすい》の焔《ひ》をかかげ行く

吹雪く夜を行きてともせるかの肉屋腑分けをされゐたるはわれか

神はここ過ぎ行かむ暁のさかひにわれは葱を抜きをり

霧氷木原行きて声なく呼ばふかな　人よ　暁　ふり向き給へ

あかときに裸形《らぎやう》一体越え行けば砂鋼《はがね》なす冬のひきしほ

ある緩徐調

一九七三

★

薄氷の張りし刈田にざんばらの案山子激しく鈴を打ちをり

鳥はもと黄色にてあらざりしや乾きたる目の蓋を閉ざせり

行き暮れて河原吹雪にししむらを飢ゑは鋭く刺し透すなれ

夕光は河原の石に花札を突き刺すごとく凍みてゆくなり

神は一椀の水をこぼせりそののち塩のごとく生き喘ぐかな

断崖にさらされをり摑み合ふ白き木の根われの恥骨も

ひもじき一生《ひとよ》なりしか風鈴を冬にもわれはさらしたるまま

夕時雨熄みて星夜は展けつつわがしししむらは人の恋ほしき

死にしのち目ざめゆけるや薄氷を砕きて夜明け轍は過ぎる

水桶に赤き塗箸浮きゐたり音なく昼を雪はつもれり

竹叢は吹雪となれり身の芯に微熱となりて人を恋ふなり

かの妬心錆びてゆきしか紅鮭の切身に昼の火を透しつつ

肋骨《あばら》からひもじくなるを断崖の氷柱は夫が行きて折りしや

断崖に白き木の根が晒されをり肉のずり落ちしごと

断崖の底から烏飛びたつをわれの訃報は刷られゐるべし

魂の飛翔を焦がれ行くときも地は刺青のごとき木の影

神さへも冬は瘠せつつ遁れしか山ふところの雪の笹鳴り

廃屋はくしけづらざる髪のごと月の下びに眠りゆきたり

烏瓜狂れ行くわれを行きずりの人のごとくに夫も過ぎしか

うすら寒き春の厨にさ蕨をゆがきつつ泪にじみて来るも

春の雪瀬が高響《な》れば枕かれつつ告げたることは稚かりしよ

山脈を春の吹雪は越えゆけり椿油の赤き商標

一茎の山葵を摩れば托鉢はこの世の雪を踏みて来ませり

雪の上に青き栗の毬ころがれり神はいかなる遊びをせしや

芹つみし掌を汝が胸にさし入れて一夜眠りし仮の世のこと

山坂を春の吹雪が越えゆけば現し身ひそかに知りてゆくなり

水上で母は麻布《さらし》を洗ふのか入り行きてなほ青き八重山

野茨の花を染めたる夕光に薄着してゐるわれも染まれり

犬殺し村へ来る日が知れわたり河原蓬が白くそよげり

河原蓬背高くなりてそよぎけり狂《ふ》れたる母をわれは捨てしか

★★

枯れながら向日葵が鳴る風のなか抱擁をわれ不意に乞ふなれ

ひき返し来る者ありや向日葵がふり向きざまに枯れてゐる日よ

古城写真展めぐりて森に入りたれば森に水深不明の沼

われの顔こちらを向けり断崖に立ち枯れてゆく薊の中で

与ふることなき乳房なれ廃道に薊するどく枯れはじまる

まなざしは汝が内はるか入り行けば硝子工場火が燃えてゐる

汝が心わが内に暴れ卒然と駈けのぼるかな天の蹄は

現し身をあざむきゆけば浜木綿に陽はさしながら太き雨降る

夕星の薄荷畑をわれへ来る男は水のやうな掌をして

吹き分けて薄荷畑を風は過ぎ肉は精神《こころ》を呼びもどすかな

水上は猛く吹雪けば終章よりわれは読みゆくカノンの櫂を

凍りたる泥しろがねの星明り指を鳴らして行くのは誰か

朝あかね何のなごりか北方の路上の市に海胆は割られる

汝の死後はなやぐわれか暁の薄氷へ散るさくらはなびら

わが肉のうちなるものをいざなふは山鳥炙る焔のうしろ

目をみひらき抱かるる汝のそびら削氷のごとき冬のひきしほ

さいなむは肉の内なる魂の薄氷へあかつきの錐を刺す

海峡の吹雪をくぐる船底におびただしき花の種子はこぼれて

欄干のうへ風は響《な》りすでに死後父の帽子が飛ばされて来る

つかのまの藁の火を焚く初雪の匂ひをもちて汝は来しゆゑ

★
★★

川鱸溯り来る月の夜の浅瀬を走る汝のあとさき

汝が胸の瀑布へ翔ばむ岩燕ひるがへすかな白き胸処を

ひきしぼる緑を朝へ花菖蒲わが発ち行かむ汝が胸の外

大いなる夏夕焼となりにけり背びれが針の鱸が跳ねる

ゐごの花道にしろじろふりこぼれ朝川狩の声は透るも

見えざれど手型の火傷もつ胸をかくせりわれは夏高草に

走れ筏はつなつ水を翔け乗つてしぶく胸板わを待つらむぞ

大夕立野はしぶきけり若きわが肉《しし》を初めに抱きし者よ

川施餓鬼しづまりゆけり夕風は蜀黍《もろこし》畑鳴らしはじめる

満月へ汲むはつなつの撥つるべ山坂をいま越え来る汝か

高潮へ汝を奪はむはつなつの黒髪なびけ天の筏へ

青みどろ擂鉢型の水底へ夏の子供がさらはれにけり

父の夏還ることなし大鱸魚拓乾けり西日の壁に

乾ききる土葬墓地から人間のまなこを嵌めて野良犬が来る

母が蛻《もぬ》く殻かも風にさや鳴るは無辺世界の昼闌けにけり

晩夏のひと挽歌へ父の汗にじむ小石を拾ふ小石河原に

駅者は来て夜更けの広場月明へ葡萄の籠をおろしはじめる

月明のみなぎる野辺にわかものの嗚咽を搾れ葡萄を搾れ

晩夏白雨かすむ山かげ父の馬埋けられにけり馬頭観世音

野のいづこ汝は帰らむ葡萄棚稲光して夕立走る

風の橋渡り来たれり秋の障子浅瀬で洗ふ母を遠目に

門をはづせり野分葡萄棚こぼれる月を踏み来る父か

夕狩の深追ひのまま帰らざる葉月の父の魂を祭らむ

廃屋のかまどの灰にひそみつつ啼き死にゆかむ霜夜蟋蟀

藁塚の霜割りて鶏卵《たまご》を隠しけり偏愛のわが初まり

日の在処天空の喉となりゆけり社の絵馬を鳴らす木枯

麦踏んで遠ざかる父わが呼ぶを声消しながら昼の木枯

断崖に横転の馬車夕焼の底ひへのまれ行きたる父か

撥つるべ軋む木枯月の夜の庭に来てゐる死にしはらから

うしろ向き母が行李につめゐるは火を抱くことなき藁灰ばかり

寒卵売りて正月待つ祖母が眠れり卵枕辺に置き

霜月の霜夜の橋を筬もちて母は他界へ帰り行きたり

虎落笛《もがりぶえ》橋は懸れり父は来て天水桶の氷を割れり

火の粉飛ぶ野火河原を走り来てわれを抱く父にあらざる男

★★
★★

山百合を背負ひて来たる少年は百合によごれて朝市に立つ

朝市のあかねに百合は染まれるを逢へざる胸は触れて行きたり

愛を得しかの日のごとく朝市であかねに染まる百合を買ふかな

おそなつのなごりに貝の首飾り巻きて行くなり風ある街を

貝殻を胸に飾れば三月の北からはじまるわが流離譚

胸へ吹く海からの風つめたくてわが買ふ露店のイタリヤの皿

石の粉青くこぼして風中に彫りいそぐかな秋の墓石

海辺から夜更け発ちゆく海藻を積みたる貨車が雫しながら

海へ行くわれの荷物は月光の支線へはづれ行方が知れず

追ひ風を背に行く父を追ひながらこの世のそとに赤き夕焼

菭を煮て待つ夕まぐれ獲物なき夫は杳かな橋を渡らむ

仰臥されるわれの傷みへ降る木の葉木の葉ながらに容赦なかりし

身をくぐめ漬菜洗へば晩秋の川上さして母は行きたり

水辺より帰り来たりてわが眉へひきゆく母の藍の眉墨

月光が照し出すのは漬物の重石にきざまれありし経文

霰ふる迎へに来たる妹と一つ傘のうち霰を聴きぬ

野を焼きて帰る日昏れに鉄瓶の冷えて鉄くさき白湯のみにけり

妹を眠らせ明日の米をとぐ月夜の庭の井戸にかがみて

雪は降る一夜のうちに村を埋めこの世のそとに神かくしせり

かまくらの子供の声は透りけり何処の雪夜へわれは来たるや

渡守われへ他界の河を越えくだる夕べか吹雪となれり

われに遠く眠れる夫か風は熄み水甕うすき氷を張れる

雪水は橋杭に鳴る紺絣母の形見をわが着て行けば

わが渡る橋の行方は縹渺と陽を消して吹く木枯の中

冠状光

一九七四

★

卵《らん》を持つ魚が溯上する夜を爪先そろへ眠りゆきたり

一度さへ身ごもることなきわれを越え魚は月夜を溯りゆく

夏草が切りたる掌から目ざめれば橋の向うはこの世の祭

とどまらざる風に秋草荒めるを夫さへわれの身を過ぎしもの

月明を吹き割る野分いつの日か失くせし草刈鎌が光りぬ

水晶の印鑑を持つちちははは越える晩秋月夜の坂を

露霜のいづちへ父は軒下に積みて行きたり薪のいくたば

母が干してゆきたる蒲団とりこめば生肝ちぎるばかりの野分

鎌止めとなりたる山から月光の粗朶を一束さらひて来たり

新聞紙に烏賊をくるみて妹は月夜の坂を走り来るなり

一塊の秋の氷をあがなへば母のうなじを風は吹き来る

身の央を吹き割りゆくは月光のいま耿耿とかへるかりがね

なにほどを共有せしや廃船の船底板の霜照らす月

霜枯れのすすきへ柩はかつがれて祖母が残せし紅絹《もみ》のお手玉

戦ひは遠くにすみて木枯の村の釣瓶の真赤な夕日

別珍の赤き足袋はく妹が木枯夕べ泣かされて来る

氷砂糖にだまして妹つれ帰る野末は木枯やみし夕焼

暮鐘から母の白足袋とりこめば母の来し方われの行く末

火消壺つめたくなれば母はいま荒ぶ月夜のどのあたり行く

行商の人形売りは杳き世へわれの子供を雪に埋け来し

水明り此処はいづこか鍋釜のたぐひころがる冬の浅瀬に

雪厢しづく音する昼すぎに研ぐ庖丁のはつか匂ふも

雪厢昼をともせる蠟燭の身の芯を焼く声のほそしも

むらぎもの肝しまるまで朔風へ黄なる鋭き辛子を溶かむ

木枯の真只中に立ちすくみ鋭き辛子の一壜となる

樹の洞に父は鉞かくせしや冬野とどろく青き落雷

遠き橋ゆれて渡るは晩霜の有縁のはての夫にあらずや

★★

海上で颱風つぶれよ少年のからだは秋の匕首となる

蝸牛母から生まれ朝焼のかぎり行きつつ踏みつぶし来ぬ

マッチ擦る指をこがせば遠方の石の窓から母が見てゐる

父へわが運び行くもの朔風に身をひきしぼり一荷駄の塩

高潮は崖を越えつつオホーツクの雪夜を燃えてゐたる燭台

逆なでに朝から鱗はがしゐるこの不仕合せいきいきとして

粗塩は冬の怒りをわが胸にかの辱めしづかに実れ

氷原をかがやかせつつ夕空は千の林檎を洗ひはじめる

月光にひきよせられて享けしゆゑ硝子割れたる吹きさらし窓

汝が胸の下から仰ぎ見たるもの冠状光を放つコロナよ

鳥の群夜明けを指して翔びゆくは氷原のはて高潮鳴りへ

向ひ風胸は煽られ氷原のかなた潮鳴りあかつきが来る

ふぶく夜を貨車は発ちゆく凍りたる毛蟹も真赤な花咲蟹も

氷原の刑務所のなか囚人は子供の椅子を組みたててゐる

ふぶく夜を華やぐものに蟹割つて酒を飲みたる北の宴も

春となる流氷ぶつかり合ふ音も母の肉《しし》より奪ひて来たり

春となる風の高鳴り飛ばされてゆきたり蟹の乾く甲羅も

薄暮から父は肩だけあらはしてこの世のはづれの桜をあびる

一枚の牛舌《タン》を炙れり丈高き帰化植物の吹き荒れる日に

母の鏡割れてとどけり網走市沙名町二番荷札をつけて

顔を見せることなき父が海へ向き毛蟹の甲羅鉈で打ち割る

摑みゆく賭いきいきと青き魚指の傷ごと酢にしめてゐる

青き魚酢にひたしつつ春雷は鮮明にする汝が半身を

細胞に火花はそよぎ春冷えの夜の硝子戸鱗をはがす

さえざえと息づく胸は交はらむ夏の驟雨をあびる茱萸の樹

静脈は五月の林となりながらそよぎ出すなり汝が胸の外

海水に洗ひて貝の生肉を食べたる夏の船は還らず

あとがき

水戸にいたころ八幡様の境内が子供の遊び場であった。一人、仲間からはずれ社の裏の森に踏みこんだとき、草むらにうち捨てられた古い雛人形の何体かに私は出合った。森のうす暗がりに見た人形たちは何か異様であった。

その日は夕方から雨になり、夜、私は夢を見た。森の草むらにびしょ濡れの雛人形がころがっており、その目のどれもが生きていた。丹《に》の口の上唇の繊細な切りこみまではっきり夢に見た。怖ろしいほど美しかったのは、森を稲妻が走ったのであろうか。

雛は私の出生のときからふしぎにまつわっている。昭和十二年、母方の叔父の一人は、二十五歳で鎌倉の材木座で自殺をした。

叔父は死ぬ前、雛人形一揃を、網走の一歳に満たない私に送ってよこした。私の誕生日が三月三日なので、叔父は最初にして最後の贈物に、雛人形をおくる気になったのであろうか。

ある日、忘れかけていた雛人形の箱を納戸から取り出した。今年は雛段を組み立てようと箱をひらいてみると、幼い日の華やぎはすっかり色褪せていた。母を中心に妹と雛人形を飾った雛の夜の昂奮も、あの頃のまどいも遥か遠くのものであった。私は雛人形たちを火に清め葬ることにした。社の森に捨てられ姿を崩していたあの夢にまで見た雛人形のようにではなく、桜橘も雪洞も、そして金屛風も火の中にあとかたなく鎮めることにした。叔父が命を絶った鎌倉の材木座は現在私の住んでいるところからあまり遠くない。三十七年前、北の果てに叔父が送りとどけてくれた雛人形と、私は叔父の終焉の地に漂着していた。

二月から三月にかけて、地上を吹き過ぎてゆく風は、私の心を不安となつかしさに満たす。この季節に私は生れ、この季節に結婚もした。芽吹きとすでに亡びの予感をはらみ、吹きすぎてゆく風の中で、私はこれから何を見るのであろうか。歌集を出すことを私は決意した。歌集の原稿整理がすんだのも、たまたま三月であった。前田透先生との出逢いは、私にある蘇生をもたらした。逡巡と低迷にあけくれていた私に道をお与え下さいましたこと深く感謝申し上げます。この歌集の装幀をしていただいた北村脩先生と短歌新聞社の石黒清介氏に厚くお礼申し上げます。

昭和四十九年三月三日

角宮悦子

解説

木原美子

「哀しくない人は短歌詠まなくてもよいのよ」歌会が終わって、暮色のなかを神楽坂駅に向かって歩いているとき、ぽつんと悦子さんが言った。

「哀しくない人って居るんですか?」と返した言葉が雑踏の中で悦子さんに届いたかどうかはさだかではない。

「詩歌」に入会して間もない私が、前田透先生の「万葉集」の講座の受講を望んで荻窪の会場の控え室でご挨拶したとき、先生に付き添って居た悦子さんが「よろしく」と声を掛けてくださった。鈴やかで凜とした響きに姿勢を正したのが出会いの始めだった。

「詩歌」の主宰者・前田透先生の輪禍による急逝で、服喪の後、悦子さんは結社誌「はな」を創刊した。それは透先生への報恩業でもあった。

文学的でも芸術的でなくてもいい、人のこころのあたたかい触れ合いを無上のものとして、小さくてもいい美しい会を創造したい、と。時には女学生集団と揶揄されても悦子さんは深い思いを抱いて黙々と歩み続けた。

第一歌集『ある緩徐調』の前田透先生の優れた序文の前に、歌集について語る資格は私にはない。ただ悦子さんと「はな」での共通した時を過ごしている者として、私の知るかぎり彼女は日常の愚痴をこぼさないし、人生の修羅の中にあっても、時には寂しい顔を見せる事があっても表現者として決して現実に埋没しないのだ。

陽の中の母が白布に鋏入れ何より走り来るわが恐怖

翅ちぎりて蜻蛉を空へ放ちやるまた母の中へ還る夕べを

足の爪はさめる母をはすかひに見てゐたる日に芽生えし憎悪

母が干してゆきたる蒲団とりこめば生肝ちぎるばかりの野分

われの掌を昨日逃れし鳩も死す時計の針に喉を突かれて

瞼きつちり閉ぢてもう何も見たくない裸の鶏《とり》が売られゐる

人間の成長の過程での欠落感、まして幼い子供の時の欠落感は埋めても埋めても底なし沼の様に満たされ辛い。母親の懐で温められなかった底知れぬ寂寥感の中で、まるごとの自分を晒しすべてを掛けて人生に立ち向かう。

そびらより淋しき風の羽交絞めすでに失ふものもたざれば

夕べとも夜明けともつかざる薄明へ紛れて行きし死後のわが影

あかつきの霧にまぎれる薔薇盗人もっとも淋しき遠景となれ

遠き野の風の棲家の樫を挽くいつもうしろ向きの樵

乾ききる土葬墓地から人間のまなこを嵌めて野良犬が来る

麦踏んで遠ざかる父わが呼ぶを声消しながら昼の木枯

人はそれぞれが一つの宇宙を持って、その中で生きている。決して他人が入り込むことの出来ない、自分しか認識出来ないこころの宇宙は自分のみが背負っていくしかないのだ。命の灯火として短歌に己を投げ入れ確立した自分の世界。それは哀しみを抱きながらそれをバネとして昇華した、美の世界の獲得であった。

歌集中にきらめいている相聞歌、女を振りかざすことのない彼女の真向かう性の賛歌。それは己が女の究極を詠んで美しい。

夫よりも激しき動悸うちながら月光のなか樹液がのぼる

胸のうへ髪をひろげて触れゆけばながく思ひし海の香のする

蜜蠟は光をしづめゐたりけり　腓　くらき歓びも知れ

刃を当てるごとく触れ来る一枚の手にししむらは統べられてゐる

枯れながら向日葵が鳴る風のなか抱擁をわれ不意に乞ふなれ

悦子さんは日常に埋没することなく、いつも前を向いて歩いている。波立つ湖もその深い底は澄みきっているように、そこまで彼女は孤独な単独旅行者として果敢にも自分を探す挑戦を続ける。

「やさしくね」とやさしくあることを自分に課しながら、それが人につながり世界につながると確信しているのだ。やさしくありたいと願うのは、この世の恒常ならざる実体の哀しみを、自分を掘り下げることで摑み取ったからなのだ。

悦子さんに私が従いていくのはこの真実を求め続ける彼女に魅せられて、ということを附記したい。

角宮悦子略年譜

昭和十一年（一九三六）
三月三日北海道網走郡網走町大字網走字ニクル五十七番地に出生。父石塚謙三、母しげ子の長女。父は網走中学校漢文の教師。

昭和十四年（一九三九）　3歳
長野県松本に移住。

昭和十六年（一九四一）　5歳
茨城県水戸に移住。

昭和十八年（一九四三）　7歳
水戸の五軒国民学校に入学。

昭和十九年（一九四四）　8歳
父が、村松陸軍通信兵学校の陸軍教官として赴任のため新潟県村松に移住。村松国民学校に転入。

昭和二十年（一九四五）　9歳
村松にて敗戦。父職を失う。

昭和二十一年（一九四六）　10歳
父の郷里、茨城県結城郡菅原村笹塚の八幡宮の小屋に身を寄せる。菅原小学校に転入。

昭和二十三年（一九四八）　12歳
茨城県結城郡豊岡村飯沼に転居。豊岡小学校に転入。父の本棚の啄木、牧水の歌集に親しむ。短歌、俳句、詩を作りはじめる。

昭和二十六年（一九五一）　15歳
茨城県立豊岡中学校卒業。中学時代に前田夕暮の〈向日葵《ひまはり》は金の油を身にあびてゆらりと高し日のちひささよ〉の歌を識る。芥川龍之介を好んで読む。

昭和二十七年（一九五二）　16歳
茨城県水海道町（現・常総市）に転居。県立水海道第一高等学校入学。この頃より母の理解し難い性格に悩む。暗い日日。二十九年卒業。

昭和三十三年（一九五八）　22歳
父のことばに従って大東文化大学に入学。日本文学部卒業。光を求めるように「一路」入会。山下陸奥に師事。東京都豊南高校に勤務。

昭和三十四年（一九五九）　23歳
第二回「短歌研究新人賞」候補となる。「少女期以後」

昭和三十五年（一九六〇）　24歳
二月二十六日角宮二郎と結婚。東京都大田区南久ヶ原一の一〇一番地に住む。

昭和四十三年（一九六八）　32歳
「一路」退会後、「詩歌」に入会。

昭和四十五年（一九七〇）　34歳
「ある緩徐調」によって第六回前田夕暮賞を受賞。十一月七、八日「詩歌」四国の会へ。室戸岬を経て池田に。祖谷渓に遊ぶ。

昭和四十七年（一九七二）　36歳
横浜に居を移す。

昭和四十九年（一九七四）　38歳
第一歌集『ある緩徐調』を短歌新聞社より刊行。角川の「短歌」・「現代俊英集」に参加。

昭和五十年（一九七五）　39歳
現代歌人協会の会員となる。

昭和五十一年（一九七六）　40歳
十二月二十五日前田夕暮の夫人、狭山信乃逝去。葬儀における体験が「詩歌」への思いを熱くした。

昭和五十二年（一九七七）　41歳
前田透噴門潰瘍で倒れる。透の要請により「詩歌」の編集を助ける。学文社短歌の添削講師となる。

昭和五十四年（一九七九）　44歳
九月より十一月にかけて前田透のテレビ大学講座「短歌と俳句」の助手をつとめる。第二歌集『銀の梯子』を角川書店から刊行。

昭和五十六年（一九八一）　45歳
横浜歌人会に入会。

昭和五十七年（一九八二）　46歳
九月十五日より二十一日まで父母と一緒に北海道を旅行。生地網走を尋ねる。十九日関谷泰雄・百合子夫妻と共に知床半島に遊ぶ。

昭和五十九年（一九八四）　48歳
一月十三日輪禍により前田透急逝。この年の三月号をもって「詩歌」廃刊。四月二十三日父謙三肺癌により死去。続いて六月十九日敬慕する原三郎死去。十月、同志と短歌雑誌「はな」を創刊。十一月八日良き先輩川原利也死去。

昭和六十一年（一九八六）　50歳
第三歌集『はな』を短歌新聞社の「昭和歌人集成・24」として刊行。九月六日・七日「はな」夏の集会。八ヶ岳高原宿泊歌会。松原國子・対馬静子・山田登美枝・吉良達子・木原美子・村田美代子・山本りつ子等が集う。

平成元年（一九八九）　53歳
十一月三日　田中佳宏のちゃらん亭農園にて「はな」第一回いも煮会を催す。以後恒例の会となる。多くの歌人が水のほとりに参集。十四回続く。

平成四年（一九九二）　56歳
海での自然葬を願って、夫と共に「葬送の自由をすすめる会」に入会。横浜歌人会副会長に推される。

平成五年（一九九三）　57歳
茅ヶ崎・大船のヨークカルチャー教室の講師となる。

平成九年（一九九七）　61歳
草柳繁一を囲み「独楽」の会発足。

平成十年（一九九八）　62歳
夫二郎癌手術。一命を取り留める。

平成十三年（二〇〇一）　65歳
短歌誌「独楽」創刊号に参加。ながらみ書房『歌人回想録1の巻』に原三郎論執筆。横浜文芸懇話会の委員に推される。十二月母しげ子死去。

平成十五年（二〇〇三）　67歳
第四歌集『白萩太夫』を短歌新聞社より刊行。

平成十八年（二〇〇六）　70歳
「青天」退会後、「はな」に入会していた川原綾子死去。読売カルチャー教室の講師となる。水城春房個人誌「邯鄲」発行のため「はな」を退会。

平成二十一年（二〇〇九）　73歳
横浜歌人会副会長を退く。

本書は昭和四十九年短歌新聞社より刊行されました

歌集 ある緩徐調 〈第1歌集文庫〉

平成26年3月28日 初版発行

著 者 角 宮 悦 子
発行人 道 具 武 志
印 刷 ㈱キャップス
発行所 **現 代 短 歌 社**

〒113-0033 東京都文京区本郷1-35-26
振替口座 00160-5-290969
電 話 03(5804)7100

定価700円(本体667円+税)
ISBN978-4-86534-015-0 C0192 ¥667E